MOSAÏQUE.

PRIX, 30 CENTIMES.

PARIS,

Chez CORRÉARD, libraire, Palais-Royal, galerie de bois.

28 avril 1820.

MOSAÏQUE.

ART. 1ᵉʳ.

La pétition que M. Madier de Montjau vient d'adresser aux Chambres, a fait connaître à la France, ce qu'elle doit attendre des hommes que les combinaisons ministérielles d'aujourd'hui portent au pouvoir. Nous savons, à n'en plus douter, qu'ils n'ont abandonné ni leurs projets ni leurs moyens de vengeance, et que s'ils en ont suspendu l'exécution, c'est qu'il ne fallait pas encore effrayer le ministère qu'ils ont asservi et qu'ils espèrent bientôt renverser.

Une preuve bien forte de la vérité des faits qu'allégue le pétitionnaire peut se tirer à la fois et des longs articles de journaux destinés à en atténuer l'effet, et de la conduite des hommes du côté droit, lorsque cette adresse a été apportée à la Chambre.

Aussitôt que, par la voie de l'impression, cette importante révélation d'un respectable magistrat, a été connue, tous les journaux du parti se sont empressés d'accumuler les sophismes, les injures, le sarcasme, l'ironie et les récriminations pour en détruire l'effet. Leurs longues colonnes n'ont plus présenté que des commentaires sur cette pétition.

On y faisait dire à M. Madier, ce qu'il n'avait jamais dit ; on y tronquait ses phrases, on en dénaturait le sens ; enfin l'on en est venu jusqu'à attaquer le caractère personnel du pétitionnaire, jusqu'à l'injurier, jusqu'à lui supposer des desseins secrets, des motifs criminels. Les récriminations sont l'arme favorite des écrivains de ce parti, ils déplacent ainsi la question et détournent l'attention des lecteurs, c'est tout ce qu'il leur faut.

Les soins apportés à réfuter M. Madier sont une preuve bien claire de l'importance que l'on attachait à sa démarche, de la crainte que l'on avait que le public ne s'appesantît sur les réclamations, qu'elles ne missent les victimes sur leurs gardes et qu'elles ne donnassent les moyens de remonter plus haut et de découvrir ce que l'on a si grand intérêt de tenir caché.

Les écrivains monarchiques avaient d'autant plus beau jeu que l'on ne pouvait leur répondre, et que la censure les protégeait. Ils ont donc agi fort habilement en appellant la discussion dans les journaux.

Dans la chambre, au contraire, de nombreux orateurs étaient prêts à poursuivre l'accusation et à démontrer la vérité des faits allégués par le pétitionnaire. Ici la discussion devenait dangereuse, et le défi porté par quelques membres du côté gauche n'a point été accepté ; deux orateurs du côté droit, seulement, sont montés à la tribune, il le fallait pour l'honneur du parti ; mais ils se sont peu arrêtés à la pétition, et le second surtout a évité d'en parler. Cette tactique est habile, et quand on n'a qu'une mauvaise cause à défendre, appeler la discussion, là où les adversaires ne peuvent se présenter, la laisser tomber, là où ils sont prêts à répondre, est d'un parti bien uni et bien dirigé.

Il est bien clair, en effet, que si l'on avait pu, par des

(5)

raisons sans réplique , et même seulement par des raisons
spécieuses , attaquer la pétition , on n'aurait point appuyé
le renvoi au ministre. Si l'on avait pu faire autrement ,
on l'aurait fait ; le silence imposé à M. d'Argenson en 1815 ,
est là pour le prouver.

Mais aujourd'hui , les faits sont si nombreux , si connus , tant de vois s'éleveraient pour les attester , qu'il a
fallu renoncer à jeter de nouveau le voile sur ces déplo-
rables événemens , qu'il a fallu se résigner à en laisser
préjuger la vérité par le renvoi de la pétition au ministre ;
ce renvoi a été prononcé à l'unanimité.

Et cependant , on avait beau jeu pour s'y opposer : le
ministre, lui-même, venait d'en ouvrir la voie ; il venait
de déclarer que le gouvernement était tellement sûr de
la fermeté et de la vigilance des autorités du Gard , que
les moindres détails des affaires de ce département lui
étaient tellement connus , qu'il avait ordonné et obtenu des
recherches tellement exactes et complètes , que les révé-
lations des pétitionnaires ne pouvaient obtenir une grande
confiance.

Mais si je voulais établir l'existence d'un comité diri-
geant dans le parti ultra , je n'aurais pas besoin de recher-
cher et de scruter les événemens du jour , les détails donnés par M. Madier , et la conduite extérieure actuelle des
hommes monarchiques.

Il me suffirait d'examiner la position dans laquelle ils
se trouvent et de rappeler leurs anciennes habitudes. Dans
le cours de notre révolution , obligés de lutter contre des
partis plus ou moins forts , mais toujours en possession de
l'autorité, le moyen qu'ils ont le plus employé, c'est l'or-
ganisation de sociétés secrètes. Ce moyen était tellement
dans les habitudes du parti que , si quelques hommes l'ont
sincèrement employé pour préparer le retour de la dynas-

tie, une foule d'intrigans en ont abusé pour exploiter à leur profit les espérances et les désirs des royalistes de l'intérieur.

Il suffisait de se dire royaliste et de présenter un plan d'association secrète pour obtenir du crédit, pour trouver des honneurs et de l'argent à sa disposition. La plupart de ces essais, à la vérité, ont mal fini, mais ce n'est presque jamais que pour ceux qui en avaient été dupes ; au moment du danger, les moteurs disparaissaient, et ordinairement la caisse avec eux.

Il n'y a pas long-temps encore, que plusieurs écrivains du parti se faisaient gloire des associations secrètes formées sous l'empire ; et celles de 1815 ne sont plus contestées par personne.

Depuis le 5 septembre, les hommes monarchiques, arrêtés dans l'exécution de leurs sinistres projets, appellent de toutes leurs forces un changement dans la direction des affaires publiques. Éloignés de certains emplois et surtout de la chambre, prétendent-ils nous faire croire qu'ils ont renoncé aux plus chers de leurs moyens ? Les associations de 1815 n'étaient pas encore dissoutes, un revers les accable, et ils auraient abandonné leur arme la plus puissante ! Un parti qui, comme celui-là, lutte depuis trente années, pour lequel tous les moyens ont toujours été bons, ne se-tient pas si aisément pour battu ; il n'abandonne pas ainsi le champ de bataille. Et ces messieurs n'ont pas assez d'habitudes constitutionnelles, pour nous faire croire qu'ils se sont restreints aux moyens donnés par la loi pour se soutenir.

Que cette association remonte à tel ou tel personnage, qu'elle emprunte un nom (pour lequel dans ce cas elle ne fait pas preuve de respect), ou qu'elle ne mette en avant que celui de ses chefs ; qu'elle emploie tel ou tel moyen de correspondance, c'est ce que je ne me mettrai pas en peine de savoir.

Mais pour prouver aux hommes monarchiques l'existence des associations qu'ils renient, il me suffit de leur dire : Pendant toute notre révolution, vous avez organisé des sociétés secrètes ; en 1815, au moment de votre plus grande puissance, elles étaient plus nombreuses que jamais. Depuis cette époque, votre parti a été arrêté dans sa marche, et par conséquent mécontent; vos habitudes et votre position suffisent pour nous démontrer que vous êtes encore dirigés par des sociétés secrètes.

ART. 2.

Le ministère vient de proposer *par une loi*, de payer à partir du second semestre de 1820, aux simples membres de la Légion d'honneur, une somme de 125 francs, pour compléter leur traitement, et le porter à la somme de 250 fr. fixée par la loi du 29 floréal an 10.

Après avoir repoussé avec tant de persévérance les nombreuses réclamations qui lui ont été adressées contre la réduction illégitime, inconstitutionnelle, dont il lui a plu de frapper les traitemens de la Légion d'honneur, comment se fait-il que le ministère s'en vienne, au moment où l'on y comptait le moins, et je dirai même presque hors de propos, demander aux chambres les moyens de mettre fin à cette injustice sacrilège ? comment se fait-il qu'ayant pu s'y résoudre si long-temps, il ait paru ne pouvoir attendre l'occasion toute naturelle d'en annoncer le terme, c'est-à-dire, la présentation du budget ? Serait-ce, comme il a pris le soin de le dire, parce qu'il était impossible d'en trouver les moyens à l'époque où le budget de 1820 a été dressé ? mais le budget n'est encore qu'un projet ; en supposant qu'à l'époque où ce projet a été dressé on n'ait

(8)

pas pu effectivement (en supposant encore qu'on y ait
songé) trouver les moyens que l'on a trouvés depuis,
et que par conséquent on n'ait pu y faire entrer aucune
disposition relative à la restitution *si opportune* que l'on
veut faire aujourd'hui , qui pourrait s'y opposer mainte-
nant ? Le budget est dressé, cela peut être ; eh bien !
qu'on le rectifie, qu'on le mette en harmonie *avec les chan-*
gemens qui se sont operés depuis ; que l'on affecte dès à
présent à la Légion d'honneur le produit *des réductions*
que les ministres des finances, de l'intérieur et de la guerre,
sont parvenus à faire dans leurs dépenses ; cela dispensera
des formalités d'un projet de loi spécial , et offrira plus de
régularité, puisque autrement le budget n'allouerait qu'un
crédit fictif aux trois ministres qui viennent, *si à propos ,*
de réduire leurs dépenses. Cette opération , j'en conviens,
donnerait du travail à quelques premiers commis ; mais
ces messieurs sont assez généreusement payés pour qu'on
puisse exiger ce soin de leur part. Ils n'ont jamais éprouvé
une réduction de moitié sur leurs traitemens ; on n'y a
jamais songé, et je ne pense pas que l'on y songe jamais.

Mais bon ; je raisonne ici comme si je croyais franche-
ment à la difficulté de transformer en un article du budget,
le projet de loi dont il s'agit, et pourtant, en conscience,
je sais bien que cette difficulté n'est que prétendue ; que ce
n'est là qu'un prétexte pour faire de l'éclat avec une loi *po-*
pulaire ; que si l'on n'a pas attendu le moment de la présentation du budget, c'est parce qu'il est important, et
même *pressant,* de montrer des intentions bienveillantes et
paternelles à l'armée et aux braves qui ont cessé d'en faire
partie, sans cesser d'en être la gloire et le modèle ; c'est
qu'enfin les circonstances sont grandes , et qu'il est sage et
prudent , dans de telles circonstances , de se faire des amis
d'un certain poids.

Mais le ministère a-t-il bien atteint le but qu'il se proposait ? Est-il parvenu à dissimuler la part qu'ont eue les circonstances dans sa résolution ? A-t-il fait croire que ce n'est que d'aujourd'hui seulement qu'il a pu trouver les moyens d'acquitter la dette si sacrée et si modique que la patrie a contractée envers ceux de ses enfans qui ont versé leur sang pour sa défense ?

De quoi donc s'agit-il ? de moins de deux millions !

Et le ministère vient nous dire qu'il a été impossible jusqu'à ce jour de faire face à cette charge.

Et pourtant il a trouvé le moyen de conserver à *ses grands fonctionnaires* des traitemens énormes, d'y ajouter à titre d'*indemnités*, des sommes presqu'aussi considérables ; d'entretenir des *sinecures* nombreuses , de subvenir à l'entretien des missions ; de récompenser richement l'intervention de l'un de ses membres dans un traité que la France était en droit de repousser. Le ministère, enfin, a trouvé le moyen d'exécuter ce traité monstrueux, d'accueillir toutes les répétitions qu'il a plu à l'étranger de faire sur la France ; et sur un budget d'un milliard, il n'a pas pu trouver 1,700,000 francs pour payer le sang des défenseurs de la patrie ! le croira-t-on ?

Mais ici, le ministère n'est pas seulement coupable d'un tort moral , une accusation bien plus grave encore vient peser sur lui.

L'institution de la Légion d'honneur a été consacrée par la Charte. Le seul droit qui soit réservé au roi sur cette institution, c'est la faculté de changer la forme de la décoration ; à cela près, du moment où la Charte a été proclamée, toute la législation de la Légion d'honneur est devenue constitutionnelle ; manquer à l'exécution d'une de ses parties, c'est donc violer la constitution.

Et que fait-on aujourd'hui ?

On demande, par une loi, la permission de revenir à l'exécution de la Charte : pourquoi n'avait-on pas demandé aussi par une loi, la permission de la suspendre ? Et puisqu'on a cru qu'une ordonnance suffisait pour s'en écarter, pourquoi n'a-t-on pas cru qu'une ordonnance fût suffisante pour y revenir ? Pourquoi donc enfin une loi, pour faire ce que la Charte prescrit, ce qu'elle a toûjours prescrit par la loi du 29 floréal an 10 ?

A tout cela je répondrai, que si on a réduit les traitemens de la Légion d'honneur par une simple ordonnance, c'est qu'il était probable que les chambres ne se fussent pas prêtées à ce sacrilège ; c'est qu'une loi aurait fait trop de bruit, et que dans un cas pareil il fallait en faire le moins possible, que si l'on rétablit ces traitemens par une loi, c'est qu'ici l'éclat et l'appareil peuvent être profitables, et que, comme je l'ai dit plus haut, les circonstances sont grandes.

Mais cette loi a un autre objet encore, c'est de légitimer, c'est de rendre légal, implicitement, un acte arbitraire : c'est de faire reconnaître aux chambres, en les fesant participer au rétablissement des traitemens de la Légion d'honneur, que ces traitemens ont pu être réduits ; et de se dispenser ainsi d'une juste restitution.

Comment donc, et de quoi l'armée et ses vétérans seraient-ils reconnaissans envers le ministère ?

Serait-ce de ce qu'il les a privés pendant si long-temps du fruit de leurs nobles travaux ? serait-ce de ce qu'il vient leur interdire à jamais l'espoir d'une restitution ?

Si dans cette circonstance les ministres ont voulu se donner un mérite, ils ont trop peu fait ; et ce qu'ils ont fait, ils l'ont fait trop tard.

Art. 3.

Au moment où une faction qu'on a si long-temps ménagée relève une tête audacieuse, et nous menace de ressaisir le pouvoir qui lui avait échappé , il me semble important de chercher à faire connaître ce qui se passe sur tous les points du royaume. Si la presse était libre, les journaux nous rendraient compte de tous les événemens remarquables ; mais comme la censure s'exerce encore plus impitoyablement sur les feuilles des départemens , que sur les journaux de la capitale ; il faut nécessairement avoir recours aux brochures , qui échappent à la rigueur des ciseaux mutilateurs. La curiosité se tourne naturellement vers les départemens méridionaux , où la réaction a produit des secousses si terribles. Voici ce qu'on mande de Toulouse :

« L'influence des deux lois d'exceptions , s'est déjà fait ressentir ici ; et quoique l'on soit bien persuadé qu'il n'est pas de l'intérêt du ministère d'en user , les libéraux gardent le silence dans la crainte de fournir un prétexte d'accusation aux dénonciateurs qui, depuis quelque temps, paraissent s'être réorganisés. Les libéraux n'ont point oublié que Toulouse a eu *son comité directeur , ses affiliés* et ses *verdets.* Ils se rappellent leurs vengeances exercées en 1815 , lorsque les prisons de la ville étaient encombrées de suspects ; et ce n'est pas sans raison, qu'ils sont effrayés pour l'avenir. Au reste leur attitude n'est point celle de gens qui ont peur ; elle est plutôt celle de citoyens paisibles et prudens , qui veulent maintenir l'ordre, et la tranquillité ; mais qui, cependant sauraient défendre leurs personnes et leurs propriétés , si l'on venait à les attaquer.

Quant aux ultra, ils ne dissimulent ni leur joie ni leurs espérances, ils croient avoir la majorité dans ce pays et je ne sais trop jusqu'à quel point ils ont raison de le croire. Ce qui est bien certain, c'est que le département de la Haute Garonne est celui où l'oligarchie a le plus d'influence. La plupart des grands propriétaires sont des hommes de l'ancien régime qui, n'ayant pas abandonné leurs châteaux pendant la révolution, ont non seulement conservé leur patrimoine, mais ont occupé presque toutes les places sous la république et l'empire. Il est ensuite une infinité de petits propriétaires qui ont aussi la manie de se croire nobles parce qu'un de leurs aïeux a été capitoul. Ces *Cadets* ne sont pas moins fiers que leurs aînés. Ils dédaigneraient de placer leurs enfans ou dans le commerce, ou dans le barreau : ils veulent en faire des officiers, des évêques, des conseillers ou tout au moins des sous préfets. Ainsi comme on peut penser, ces gens-là ne sont pas *libéraux*, ceux-ci veulent que tous les Français, sans distinction de caste, soient admis aux emplois ; ce n'est pas là ce que demandent les oligarques qui voudraient qu'on n'eût égard qu'à la naissance et non au talen.

Les dames *comme il faut* se mêlent aussi de politique, et leurs opinions sont fortement prononcées. Elles ont en horreur tout ce qui porte le nom de *libéral* ; il faut être *mystique* et *ultrà* pour avoir accès auprès d'elles ; le plus adroit *Lovelace* y perdrait son temps, s'il n'allait à confesse, et s'il ne lisait *la Quotidienne* ou *le Drapeau blanc;* et cependant il faut rendre justice aux beautés toulousaines : elles ne passent pas pour être infiniment cruelles. Il est donc vrai de dire que tout ce qu'on appelle la bonne société est composé d'ultrà-royalistes, et il faut ajouter que leur fortune et leur crédit leur donnent une grande influence sur la masse du peuple qui, à Toulouse, plus que partout ailleurs, est ignorant et superstitieux.

Le parti libéral se compose de la plus grande partie des bourgeois propriétaires, des avocats les plus distingués, de la majorité des négocians, et il faut bien que leur nombre balance à peu près celui des ultrà, puisque ce n'est qu'à la majorité de quelques suffrages que M. de Castelbajac a été nommé député, encore même s'est-on plaint de ce qu'on avait omis de porter sur la liste des électeurs plusieurs citoyens qui, d'après la loi, devaient y être inscrits.

Voilà quel est à peu près le partage des opinions dans la haute Garonne.

Je vous disais plus haut que les dénonciations se succédaient avec rapidité; elles ont été dirigées contre les personnages les plus distingués de la ville et particulièrement contre les officiers supérieurs de l'artillerie. On a pu voir dans les journaux, qu'on avait retiré au général baron Pelletier le commandement de l'école d'artillerie ; mais on ne connaît point, peut-être, les griefs qu'on lui a reprochés. On l'a accusé, en premier lieu, d'avoir imité *le cerf à l'enterrement de la lionne*, c'est-à-dire de n'avoir pas pleuré à chaudes larmes, au service du duc de Berry. On l'accuse en second lieu d'avoir refusé l'an dernier de conduire les troupes aux sermons des missionnaires; et enfin (et ce dernier grief est très-remarquable) de s'être montré assez peu galant pour n'avoir pas voulu retarder l'heure du tir au polygone, bien que madame la comtesse d'A.... l'eût fait prévenir qu'elle aimait à dormir la grasse matinée, et que le bruit du canon troublait son sommeil.

Le lieutenant-colonel de l'artillerie légère est allé au fort de Bitch (commandé jusqu'ici par un simple capitaine) expier le crime d'avoir témoigné son attachement au régime constitutionnel.

Pour nous consoler de la perte de ces hommes estimables, le ministre de la guerre nous a envoyé un régiment de suisses. Je ne sais si l'on craint qu'il y ait antipathie entre les suisses et les soldats français, mais le lieutenant-général Parthoûneaux, pour la prévenir, vient d'émettre un ordre du jour à ce sujet dans lequel il les engage à fraterniser et à vivre bien ensemble.

Nous avons aussi notre comité de censure, composé avec cette partialité monarchique si solennellement promise à la tribune par un ministre à jamais fameux. Je crois qu'elle aura peu de chose à faire, car le journal de Toulouse ne sera pas accusé d'avoir abusé de la liberté de la presse; les seules licences qu'il se soit quelquefois permises ont été de transcrire littéralement et sans commentaire, quelques articles des journaux de la capitale. Si néanmoins le comité de censure se trouvait jamais dans le cas d'employer son grave ministère, on peut juger de l'esprit qui présiderait à ses opérations par les noms de ceux qui le composent. D'abord se présente M. *Pinaud* conseiller à la cour royale, auteur de l'adresse envoyée au roi à l'occasion de la mort du duc de Berry; et toute la France sait dans quel style elle était rédigée!... Vient ensuite M. *Décamp* membre de l'académie des jeux floraux, auteur de *Bouquets à Chloris* et de mainte autre bribe poétique, rédacteur de la feuille intitulée *L'ami de la religion et du roi*, journal apologétique de l'assassinat du général Ramel. Vient enfin l'abbé *Bergès* qui croit devoir racheter les tendres péchés et les erreurs de sa longue jeunesse, en affichant un rigorisme austère dont on pourrait peut-être suspecter la sincérité.

Dieu veuille que les journalistes de Paris aient affaire à des censeurs plus traitables, et que surtout il les préserve des abbés qui n'ont pas toujours affiché l'austérité des mœurs.

Art. 4.

Lorsque les défenseurs de nos libertés sont poursuivis, il est de notre devoir de les récompenser de leur dévouement, en leur témoignant tout l'intérêt que nous prenons à leur sort.

M. Marchand, éditeur du *Patriote alsacien*, est détenu, comme on sait à la Citadelle de Strasbourg : c'est par erreur que l'on a annoncé qu'il s'était sauvé de sa prison. Il attend avec calme le jour de son jugement. Mais il a demandé sa mise en liberté sous caution, et la cour n'a pas pu la lui refuser. Cette condescendance ou plutôt cette justice a irrité un certain personnage qui de dépit s'est arrogé le droit de retenir pendant cinq jours la notification de l'arrêt de mise en liberté.

Quant aux crimes de M. Marchand, ils sont nombreux. Il a été interrogé sur toute la rédaction de deux numéros de son journal, saisis précédemment, et en outre sur un passage de la déclaration des droits de l'homme inséré dans le n° 35. Ce même numéro est d'autant plus coupable qu'il contient l'annonce de la *souscription nationale*, sur laquelle l'éditeur du journal a été entendu à part.

Ces crimes, comme on voit, ne méritent aucune grâce. Aussi M. Marchand est-il enfermé, pêle - mêle, dit-on, avec des voleurs, des faux monnayeurs, et trois assassins pris en flagrant délit.

Voilà comme le pouvoir traite ceux qui ont le malheur de lui déplaire : il est vrai que le public entoure les victimes de son intérêt et leur donne des sérénades derrière les verroux. Mais c'est encore un nouveau délit aux yeux de l'autorité, qui ne veut pas que les citoyens s'intéressent à ceux qu'elle persécute; aussi le geolier de M. Marchand a-t-il été vivement réprimandé au sujet de la musique faite en l'honneur de son prisonnier ... Et qu'on dise du mal des lois de confiance !

IMPRIMERIE DE MADAME JEUNEHOMME-CRÉMIÈRE,
RUE HAUTEFEUILLE, n° 20.